完本

中也断唱

福島泰樹

Fukushima Yasuki

思潮社

完本　中也断唱

福島泰樹

思潮社

完本　中也断唱

目次

中也断唱

I

II

続 中也断唱

装幀＝間村俊一

中也断唱

中也断唱　I

中也断唱　壱

大正十四年三月、年上の女長谷川泰子と上京。

黒帽子黒マント纏《つ》け擦れ違うあれなにならん黒南風《くろはえ》ならん

ゆくのだよかなしい旅をするのだよ大正も末三月の事

悲しみは雲の色しておりたると語らん寒き三月も暮れ

見殺しの桜の花も走りゆく新幹線にもメルヘンはある

ある晴れた日に頑是ないこころねも洗濯物と取り込んで呉れ

従順なおれであるから春の夜の光のような女《ひと》に随う

豊多摩郡戸塚町源兵衛　舶来の背広まといて越して来にけり

文藝の徒として生きる切なさを告げてやらんとするに鶯

なにも語らずなにも願わずわれとわが貧しき夢と君のほかには

わが胸は火焰太鼓とたかなるに朝降る白雨きみの胸乳は

飛ぶ蝶をじっと凝視《みつ》めておりしかど富永太郎も死ににけるかも

ひとり喫う煙草のけむり綿帽子　憂愁はくる雲の淵より

中也断唱　弐

大正十四年十一月、泰子、小林秀雄宅に転居す。

真鍮の光沢よりもま輝ける笑みを湛えて出てゆきにけり

茶碗下駄歯刷子襦袢と分けやれば嫁ぐ娘の母のごとしも

蚊屋はいらねえ蒲団にもぐって寝るからに荷造り上手になりにけるかも

秋蟬の鳴く寂しさを知らざれば素っ頓狂な鏡台の顔

たった先達《せんだって》逢ったばかりのもとへゆく未練だらだら見送ってやる

なにゆえに他所《よそ》の男の下宿まで付き添ってやる手荷物を提げ

リヤカーを引いて夜道を急ぎおり盗まれたのか差上げるのか

茶碗急須ギヤマン細工　割れものの包み届けてやるよ小林

星降る夜の話なんかに誘《いざな》われ月光曲しかおれは歌わぬ

中也断唱　参

——俺は、棄てられたのだ！　郊外の道が、シットリ夜露に湿つてゐた。
郊外電車の轍《わだち》の音が、暗い、遠くの森の方でしてゐた。私は身慄ひした。

笑うなよ苦しく辛くいるからに郊外電車の窓もしめてよ

煙噴き汽笛を鳴らし騒がしく蒸気機関車なるにあらねど

下宿から下宿を繋ぐ線路なきか脱線をせずゆきたかりせば

剪定をされて悔しき毬栗か皐月躑躅にわれはあらねど

秋桜こすに越されず其の日から口惜しき男と成りて候

意を決すること吾に在り其の日から毬栗頭と成りて候

結局は郊外電車乗り遅れ　後悔電車と成りて候

長谷川泰子、通称を佐規子とも謂った。

喪われたものはかえって来ぬからに茫然自失の黄昏である

「なにが悲しいったってこれほど」に撓垂《しなだ》れてゆく蓮の葉となれ

なにがなんだかわからないからさよならを遠慮しながら言っておるのだ

「リアリティ」持たねば生きてゆけぬため狂おしげなる眼《め》をするのだよ

本当の俺はけざむくうつ伏せて爆弾抱えているのだ佐規子

頑是ない身にも愛想つきぬゆえさきこよ咲きて散りゆけ早く

をみならよおん身をみなの名を呼ぶに友と逐電したる山茶花

中也断唱 四

僕は雨上りの曇つた空の下の鉄橋のやうに生きてゐる。

鉄橋のようにわたしは生きるのだ辛い三月四月を終えて

曇り日の冬の鉄橋さなりわれ忍耐づよく生きてゆくから

鉄橋であれば電車も通るよながったんごっとん　風邪召さるるな

なにがなし悲しき想いでありたるは薄暮を渡る鉄橋のゆえ

いろいろの事がありけり為《し》てもきた揚句は湯田の破れ蓮《はちす》よ

寂寞を友とし生きるからにまず空を凝視することより始む

断念の後《のち》は笑って生きるのだ睦月如月弥生三月

美しき女なるゆえ飲んだくれ昼夜わかたずいるよ七日は

ひんがしへ飛びゆく鶴よ妹よ男の誓いなどわれはせず

うつくしき魂ゆえか山茶花の寂しがらぬと貴様が言いき

おれのいないああその部屋で切り揃う髪　妹よ五月ふたたび

美しき乳房ならばや胸元を孕ませ五月の風は吹くかや

あおむきて涙落ちぬは水無月のゆえ　いもうとと花びらのゆえ

かの女こそ正当《あたりき》なればゆく雲に敬礼をするさよならはまだ

嗚呼とおい憶い出なるよ妹と　立山われに白い雲ゆく

中也断唱　五

私の上に降る雪は／ひどい吹雪とみえました

霙、霰、雹と変じてさて廿歳《はたち》　わたしの上に降る雪吹雪け

しめやかに花びらのように降る雪に手を差し伸べてみたけれど駄目

鬱憂の情ははかなく美しきかぎりと識りて志を立てしかな

なかはらはんおきやしたかえ一九二七年七月四日

下宿には眠りに帰るそのほかは怒りを籠めたげに頭陀袋

牛乳屋納豆売りの声も去り麦酒《ビール》の瓶と向い合いたる

いかに俺がお人好しでも卓上のエビスビールでいられるものか

ゆくことも留まることも今は唯　こうして朝から飲んでいるのだ

中也断唱　六

朝の歌うたうにこころ晴れざるを「スルヤ」せざるや諸井三郎

外務書記官と成って渡仏を果したき佐規子のことさえ忘れられれば

やせぎすの年増女《としま》だったよグレタ・ガルボによく似た女と人は言ったが

俺でない男の子供みごもりし代々木山谷もさよならをする

春浅き　同棲生活などもまた鞭打つごとく打たれるごとく

いかんともしがたかりけりひとりへの思慕下総とおもう夕暮

如何ともし難かりせば頑是ない身に秋風の沁みると書きし

ひとりする夜の宴《うたげ》も花のため佐規子が瓶に差せし紅《くれない》

中也断唱　七

下駄雪駄月給取りの妻君と雪の千束　残る足跡

千足の下駄も穿かずに来たったたが破顔一笑　一生の恋

足駄なく傘なく合羽もとうになく軒下をゆく針鼠かな

慕わしい女もいない俺だから夢を喰らわん貘より寒く

げに慕わしいものであったが山梔子《くちなし》はましろき夢をただ咲かすのみ

山梔子と芍薬　座しておりたれど花に嫌われ十年は経つ

四谷花園戸塚町源兵衛にさえ佐規子の花を咲かせたりしか

咲かすべきなにもなければはやばやと真冬のうちに去りし花園

別れとはつねかなしもよ断腸花　スキャンダラスな女友達

中也断唱　八

山蔭の清水となりて耐えんとす空に昇って虹となるまで

人生の悲喜こもごもを語らんとするに佗しき薄《うす》羽《ば》蜉蝣《かげろう》

愚昧とや破笑に満ちたわが過去や涙に満ちた晦冥とはや

忍従をすることこそがそしてわが　楡の木蔭の露と成るまで

人生の辛さ悲しさ憂愁を噛みしめており烏賊を裂きつつ

こうこうと吹く風のごと寂しさを告げてやらんとするに小林

水の音やさしかりせば此処に坐し孤寂に耐えんいま暫くは

走り来よ走り来たれよ人力車枯野の中をゆく影もなし

断腸の別れといえどわれはただ西ゆく雲に手を合わすのみ

中也断唱　九

昭和八年十二月、上野孝子と結婚。昭和九年十月、文也生まれる。

鶴みてもにゃあにゃあという吾子つれて新宿までも靴買いにゆく

髪が風に吹かれるさまをみておりぬいのちの粒かわが頬に落つ

雨雲にならないまえに帰るのだ螢のような坊やを抱いて

泣くように降る雨ゆえか人生の　はかなき夢よしぶき滴る

儚きゆめもそなたなるゆえ　淙々とやまに清水のながれてあれよ

昭和十一年十一月十日、文也死す。

電線のひねもす空で鳴るわけを話してやろう　かぜ吹くな風

月の河原でもうすぐ君と出会うため正装をして石積んでやる

月の河原に文也とぼくと愛雅《よしまさ》と骨のようなる石積んでいる

中也断唱　十

長門峡に、水は流れてありにけり。
寒い寒い日なりき。

酒酌みてありぬ文也よ恰三よ蜜柑の夕陽こぼれてありぬ

客とてもなければひとり酒酌みて水ながれるを眺めておった

思い出も夢だにあらぬ秋深き身に蕭々と降り洒《そそ》ぐ雨

冬の黒い夜をこめて
どしやぶりの雨が降つてゐた。

萎れたる大根にさへ冬の夜の雨は情容赦もあらぬ

かくは切なき願いであるに花々は雨水に零れ流れゆきにき

竟《つい》に竟に人の情は花々は雨水に流れゆきてかえらぬ

どしゃぶりの雨どしゃぶりのわが情《こころ》ついに蜜柑も雨水に流れ

昭和十二年一月、千葉市千葉寺中村古峡療養所へ入院。

夜べに聴く青年団の喇叭さえ　銀河を渡るものなにもなし

精神病理学数巻を読みたると誌せり千葉寺雑記衣更着《きさらぎ》

ほらほらこれがぼくの骨だよさらさらと月のしずくの零れてありぬ

中也断唱　十一

二月、退院。鎌倉町扇ケ谷寿福寺裏へ転居。

憧憬《しょうけい》は茜の空に煙突のけむりのようにたなびいていた

製粉機探して呉れよ一生を身を粉にして生きてゆくため

苦労してきたのだ俺も袂からそっと手を出し眺めるほどに

テンポ正しく生きゆくための訓練と麦稈真田《ばっかんさなだ》を編んでいるのだ

狂おしく来し方来し人想いおる鎌倉谷の夢見草われ

なんでもないなんでもないてばなんでもない唇結んで佇立の秋

言葉もて撃ち尽したる空気銃　扇ケ谷にもほとほと倦いた

沓掛の時さん縁先腰を掛けドミノでもして遊びませんか

よしここいらで俺も一丁踏んばって人に破顔の笑顔ふりまけ

中也断唱　十二

ではあゝ、濃いシロップでも飲まう
冷たくして、太いストローで飲まう

ぜんまい仕掛の兵隊の真似してみたが春昼つらきことばかりなる

すぐる日は文也を連れて春の駒やぶさめならぬ見おきおくため

もはやどうにもならないゆえに一生は　枡三杯の夕暮となる

牡丹芍薬あるく容姿《すがた》は癪の花　十年は経つ溺れながらに

たったひとりの女のためにあかあかと燈しつづけてきたるカンテラ

山口天主教会ビリオン神父とも微笑《ほほえみ》のみで別れぬるかな

ああ秒刻《とき》は銀波のごとく打ち寄すれ　今宵月光愁しかりけり

しみじみときみを偲べば枕辺の花は寂しく揺れるばかりよ

性欲も食欲さえも拉致されて俯いている俺は何者

これやこの季節はずれの扇風機　文也の凧に風送るため

十月は寂しかりけり放光院賢空文心居士はわたしよ

さらば同志友人諸兄さむくない愛雅もやがてやって来るゆえ

さらさらと水は流れてありにけり文也とおれが眠る枕辺

死に至る病もつゆえ鎌倉の海棠帰るすべなかりきを

「在りし日の歌」はうたわず鎌倉の海棠、寺に啼く杜鵑《ほととぎす》

中也断唱 II

山羊の歌

山羊の歌　壱

春の日の夕暮

せめて馬嘶《いなな》いてくれ春の日の夕暮太郎のマント悲しも

月

宵の月けむりのように愁《かな》しくば煙草をわれは差し出しておる

ああ時は戦車のごとき轟きを胸中ふかく残し過ぎゆく

サーカス

とうに忘れた顔もいくつかあらわれて今夜此処での一と盛りかな

幾時代かやはや十年も昏れ泥《なず》み咽喉《のんど》が鳴るよゆやゆよん

さなり十年、そして十年ゆやゆよん咽喉《のみど》のほかに鳴るものも無き

戦争も疾風にしかすぎざれば吹き曝されてサーカスを待つ

いまは冬、サーカス小屋のブランコも取り払われて儚《くら》きわが胸

悔恨は開け放たれた戸口から風となりて吹き込んでいた

春の夜

春の夜は寂しき極みわがむねの闇のピアノが鳴りいづるとも

バッハ作曲パッサカリアはハ短調　もうすぐだよないかにみちこよ

君のため原稿用紙に書き殴るGペン上のマリア愛しも

軍楽の憶いも絶えて松本楼炎上の夜《よ》も久しかりけり

その日やたらに咽喉《のど》渇きいて噴泉にあきたりるまで口付けていた

手に手なすなにごとあらんはずかしめ辱しめられゆく鰯雲

臨終

わたくしを置き去りにしてゆくのなら臨終の髪せつなく切らん

髪洗うかなしき寡婦の身の上を知るゆえ朝の水は滴る

まこと洵《まこと》に若き女の死にゆくはあわれや水に落ちる白百合花

臨終のせめてその時みるがよいましろき風とまさおなる空

都会の夏の夜

失ったものはかえって来ぬからにラアラア唱ってゆくのだ俺は
火薬一樽　眼《め》に街灯の滲み来ればラアラア唱ってゆくほかはなく

秋の一日

今日茫茫明日魂布切屑《きれっくず》路次吹き抜ける風よ情《こころ》は

今日の日の魂に合う靴求め足駄ならして歩く黄昏

帰郷

なにもして来なんだったがひたすらに吹き来る風に恕し乞うるも

凄じき黄昏

ニコチンに汚れたる歯も病む肺も押し匿して暫くは待つ

俺はこうして此処に待っているからに茶碗も二つ蝿帳の中

逝く夏の歌

秘めながらに告げる　騎兵聯隊昆虫の涙を塗った飛行機のこと

行李の底の水泳パンツこの夏は海水浴にもゆきもせなんだ

悲しき朝

げにわれは巖《いわお》の上の綱渡り　寒く切なく震えながらに

手を拍く者あらざれば巖の上　河瀬の音をさびしんでおる

夏の日の歌

雲一片飛んでいるなら慰みになりたるものを寂しき真昼

向日葵は田舎の駅にそして俺はじりじり焦げて人を待つかも

夕照

夕照はいま丘を染め汝《な》が額に火の粉と成りて降り注ぐべし

金色に輝く空よひな歌よさあれゆかしき諦めもある

港市の秋

秋の陽はもの狂おしくズボンにも降る人生の椅子なかりせば

人生に失いしもの数えおる西瓜水蜜吸殻残し

春の思ひ出

この場合いかにせんとや立ち迷う春の暮靄を歌うほかなし

立ち迷う春の暮靄の切なきに義理立をする乳房なりけり

宿酔

宿酔の目もて外界を眺めればしろい冬の日照るばかりなる

まなこ閉ざせば千の天使も消えてゆくあわれなるかな冬の日の窓

ストーブは白く銹びつきわたくしは廃墟の目もて涙《なんだ》していた

颪よ、いま千の天使がバスケットボールせしこと人に告げてや

少年時

すでにして諦めていた少年のその日の午后の揚雲雀かな

地を覆う巨人であるか見上げれば田の面を過ぎてゆく夏の雲

少年のわれは嘆かず苦悩せず田の面を過ぎる雲でありしよ

盲目の秋

無限の前に振る腕もたぬわが身ゆえ紅《くれない》の花　欲しがりはせぬ

静脈管をゆく汽車あらば血を流し赤い火の粉をはねあげてゆく

朝霧を煮釜に塡《つ》めてしんみりと朝餉の前の反省をせよ

汝《なれ》のその白い二本の脛《あし》がいま　ペイプの上の寒い夕暮
ペイプ踏む君の鼻緒もさふらんやはなだの帯も切なかりけり

桟橋や荷足《にたり》に未練残しつつ不機嫌なれどわれは順う

しなやかな二本の脛がさむそうにペイブの上を歩いてゆくよ

時宜に合わない顔を横目にわたくしはかなしく煙草を吹かすのだった

妹よ

死んだっていいようと涕く魂を労わりながら黎明を待つ

空たかく吹く風さえもこまやかなわれの情《こころ》の驟雨にも似て

夏

ゆくものはみなゆきにけり夏、嵐、み空は遠く眩しかりにき

噫！　さなり血を吐くような日輪が気怠《けだる》くわたしを蓋《つつ》んでおった

心象

亡びたる城草靡く丘を越えみ空の方《かた》より風は来たりぬ

なにならんこのわたくしは松が枝か虚空に揺れる砂嚢《サンドバッグ》か

山羊の歌　参

みちこ

おおらかに打ち上げる浪ひくうしお君の裸身のかたえにいれば

おもたげなましろき乳房うねる海あおき翳りの午后となれり

しどけなき汝れの頸《うなじ》のほつれ毛の午睡の夢の涙ぐましき

はるかなる空あおい浪、母の髪想い起こしているのだみちこ

告げてやることさえできず俺はただ磯吹く風よ涙散らしぬ

汝れの瞳《め》はま蒼のそらよ悠久よ渚に歌う風の飛沫《しぶき》よ

打ち寄せる渚の浪よ心搏よわが恋情の淑やかなこと

沖つ瀬の鶴とやなれる首筋をみつめていたき息絶ゆるまで

山羊の歌　四

秋

孤独とは寂しくもまた金色《こんじき》に輝く空を天蓋として

陽炎は燃えたちおれどすでにもう茫然として夏服を脱ぐ

開襟シャツの胸ポケットに咲く花はCherryよ庭に秋桜咲く

「一雨ごとに秋になるのよ」妻楊枝きみの懈《け》怠《だい》を耳にするさえ

聴こえるよおれの耳には寂々と寂々として鳴く蟬の声

煙草ばかり喫っていたから青空もおれも曇って俯いておる

修羅街輓歌

青春を過ぎてひとりし歌うのか寒き未明の鶏鳴なるか

青春はみだらにさむく一夜あけ傷つきはてて聞く鶏鳴や

懸命に生きてきたのだ明方の鶏鳴よりも声をふるわせ

雨は切なきおれの胸にも蕭々と降るから今夜外出はせぬ

情緒過多感性鋭敏なるゆえに雨戸を鎧い外出もせぬ

花は紅《くれない》おれは誰言う半端者などはあたりき詩を選ぶゆえ

時こそ今は

いかに泰子　花香炉に打ち薫じ春紅涙に打ち沁みるまで

いかに泰子その前日はわけもなくただもうわれは雲雀であった

飛ぶ鳥も遠くの空へむかうゆえ一生一緒に居て下さいな

ああ此処に居て下さいな花も髪もそこはかとない気配に満ちて

在りし日の歌

在りし日の歌　壱

また来ん春

また来ん春と人は言えども蕩々と流れる雲にさよならをする

早春の風

外吹くかぜ金の風ならげにわれは銀の鈴など打ち鳴らさんに

金の風など吹いてもこない界隈に一縷の望みもちて棲めるを

春の日の歌

郷愁よわれは流れてゆくなるかエジプト煙草くちにくわえて

嬌羞はあわくはかなき水の色去りゆく女が呉れる笑《えま》いか

帰りなん川かぜさむく妹の咽喉《のんど》のみえるそのあたりまで

春

「黒い花びら」しずこころなく散りにけりめぐり来たれる今年の春か

銀の鈴などいまはなきゆえさむくさむく小川の淵で漣を聴く

君が振る銀の鈴ゆえこの俺は仔猫のように転がってやる

閑寂

青春の残り火さえもいまははや蛇口の滴《しずく》ひかりて落ちぬ

空はきれいな四月、薔薇色、揚雲雀わが閑寂の極みなりしに

月

繃帯とガーゼが風に揺れているいましも月がのぼる今宵を

それならば寂しく空をみていよう月に茗荷の分からなくなる

月光に晒されすぎてできた傷　紅殻色《べんがらいろ》の格子締めても

在りし日の歌　弐

夜更の雨

雨合羽　五月かなしもげにわれはうらぶれしヴェルレーヌ

なんで今宵もだらだらだらだらだら降る雨に付き合っている口笛を吹き

この路次を抜けさえしたらほの暗き酒場の軒燈《あかり》みえるばかりよ

六月の雨

下町の菖蒲の上に降る雨はいつしか青くわが頭上にも

青春はもしやそなたでありしかと櫺子《れんじ》の外に降る雨もある

六月の雨は切なく翠なす樺美智子の名は知らねども

眼《まなこ》閉じれば岸上大作という男いてチャンプル御飯を頬張っていた

いまはいまは紫陽花よりも君よりも菖蒲の上に降る雨がよい

面長《おも》き女《ひと》もあらわれ消えてゆく眼うるめる午前の雨よ

お太鼓叩いて笛吹きおれど君は来《こ》ぬ茶碗は二つ卓袱台の上

おれは俺ならば傘なく天蓋《やね》もなく菖蒲のようにに項垂れておる

雨の日

鳶色の古刀の鞘を払いしは遠き五月の雨の日ならん

爽やかに縁《えにし》を断ちておさめおく鞘さやかなる一刀もなし

いまそして鞘もなければ舌をもて快刀乱麻の術を磨くも

淑やかに降る雨の午后愛でしわが黒髪いずこ見え匿れする

なんでもないなんでもないてば片隅の七輪七転八倒《しってんばっとう》の果

風に鳴る黒いマントよ濁声はああ若き日の父上ならん

在りし日の歌　参

蜻蛉に寄す

秋の空かなしかりけり石拾い蜻蛉に寄せる歌書いている

秋の消息

かの女探してくれよ新宿の空に揚げたや広告気球

消息も分からぬままに煙突のけむり目に沁む秋とやなれり

残暑

忘れよう百日草やアマリリスまだかなかなは啼いていたれど

打水が樹々の下枝《しずえ》の葉の尖にひかりかがやく悲しかれども

独身者

せるろいどの石鹸箱にも吹いてくる風があるからそれだけのこと

敷布一枚干すではなしに日は暮れて豊かな胸乳おもうでもなく

銭湯のわびしき帰り午后三時　石鹸箱に秋風は吹き

よそゆきと普段着の差のさもなきに秋風は吹く路次の裏にも

幻影

いつの頃からピエロがひとり棲みついておれの手真似をするのであった

月光を浴びてピエロが佇めば紗の服なんかおれは纏いて

おれがピエロかピエロがおれか分からなくなりたる頃にさよならを言う

しろじろと身に月光を浴びながら妖しくうごく汝《なれ》は御尋

あわれそのやさしい姿態くるしげに霧あかるきは月光のゆえ

むなしさ

泣きたきを堪えてあればくるおしき胸乳露わなわれは戯女《たわらめ》

さなり才気　多罪のゆえに偏菱形聚接面とは俺の顔なる

お道化うた

泣かんばかりの月光曲の演奏も星降る夜の其方《そなた》なるゆえ

星が降り虫、草叢にすだくころ月光曲に酔い痴れている

月の光

月光のひた照る庭の草叢に俺に似た児が俯いている
俯いているは文也か愛雅かひかり眩しく俺も下むく

さんざめくマンドリンの音も虫の音も寂々として月照るばかり

骨

月の河原で生きているならひとつふたつさきこの骨も数えたろうに

秋日狂乱

涙もて眺めていたるそのためか徒手空拳の　うるむ青空

無一物なにもなければ求めまい飛行機雲と綿飴のほか

子供らの昇天ののちヒラヒラと風に吹かれているよポプラは

泣きたくなるよなよいお天気で校庭のポプラ並木に秋の日は照り

わたくしとわれとわたしと落雲雀わが狂乱を知るや秋の日

いまは春、秋であるのか女郎花《おみなえし》　わが錯乱や凍てし蝶々

なにを言っているのだぼくは蝶々が飛ぶはずもない秋の野に来て

草の上に陽は照っていた君は君は女《をみな》と成りて儚かりけり

コスモスの花浮かしめしシロップを飲まんとすればストリップわが

濃いシロップ脇目もふらず飲んだあと押花ぼくは黙《もだ》していよう

秋の日は明るい廃墟　おとこ独り太鼓を叩き過ぎゆきにけり

ゆきてかへらぬ

かの時も郵便ポストにあかあかと悔ゆるがごとく降り洒ぎおり

赫々と郵便ポストに降り洒ぐ陽の雨されどかなしわが性《さが》

乳母車で泣いているのはかの時のああ温暖に秋の陽は降る

今日の日の仕事といえば吹くかぜの風信計《かざみ》を見上げ向きを読すのみ

空気の中の蜜を探して食うからに常住坐臥のひとりであった

蜜ばかり舐めていたからついについに脳もはかなく成りて候

戸外で喫う煙草の味は匂いなく風に吹かれてゆくばかりなる

タオル一本汚れた枕、蒲団さえわが十年を語るはあわれ

靴墨の蓋の底にも燦々とあかるい日差し射し込んでいた

歯刷子も役には立たずささくれて靴墨の蓋ひらいてみたが

ささくれた歯刷子と塩　君と居たいまし京都に降り積もる雪

在りし日の歌　四

曇天

少年の日もまたいまも黒い旗はためきもせぬ曇天の朝

落日の校庭に立ちおりしかど唯それだけの事にてありき

そしていま　なにも見えぬが中空に舞い入るごとくなど想いおり

みんなもう俺のことなどさむざむと旗あり旗がありし火曜日

せめて旗はためいてくれ落日の校庭に立ちおりたりしかば

含羞《はぢらひ》

口惜しいぞ過ぎしかたえは風にして涙千切れて飛沫《しぶき》のごとし

在りし日は椎の枯葉に落窪に色鮮やけき陽を注ぎおり

なにゆえに君は来たれりその幹の隙さえつらくわれはおりしに

口惜しいぞ過ぎしかたえは雨にして髪やわらかく佇んでいた

地平線縫い閉じてくれ過ぎし日の睦みし瞳二度と見ぬため

バケツ火桶盥《たらい》に水を零しおり仄《ほの》燃え鮮やぐ時くるしくば

口惜しいぞ過ぎしかたえは霙にて運河の淵のブガワンソロか

その日その幹にもたれていたりしは其方《そなた》なりしかとおき鐘の音

わがこころ羞らうなかれきみは君は　おとなびて立つ姉にしあらば

口惜しいぞ過ぎしかたえは雪にして吐息ましろく消えてゆきにき

冬の夜に瞬く星よそしていま燧石《ひうち》を打ちていでし星座よ

星抱き眠らんものをなにもなしカスタネットと月光のほか

青い瞳

頰を切る寒さよ山よ青空よ霧よ光よこの空漠よ

いなよいなよ打ち寄す波の音ならずわが遠き日の漣《さざなみ》ならん

冬の夜

女想っているよ薬罐の音もする火の無い火鉢叩いてみれば

寒い夜の痩せた年増《としま》女の手のようなやさしさなどは求めてはいぬ

冷たい夜

頑丈な扉の向う　昔日は昔日はあり雪崩れながらに

わがこころくすぶるなかれ薪を積み、くさや、燻製、焙りおれども

冬の日の記憶

父は遠洋航海へぼくは学校へ甲板に霜降るのだろうか

その兄は今日学校で叱られた弟死んで三日たたぬに

雪の賦

憂愁に満ちた雪夜はかなしくもまたうつくしく儚くもある

人生はまた儚くも美しい乳房のようであるよ雪夜は

雪が降るロシアの田舎の別荘にはた下落合のわがあばら屋に

いざゆかん俺のマントにそして雪は大高源吾の肩にも降った

それでは御免　後の世には添いましょう矢来の彼方に降る雪もある

或る男の肖像

噫！　さなり佐規子三千子も暮れゆきていとけなき子を抱《いだ》くぬばたま

容赦なく吹き込む風に目を閉じてゆるしを乞うるぬばたまの夜

しんみりとした恋もなければましてはや黄昏の空　卓子《テーブル》を拭く
卓子の曇りを拭いているからに銀色のみに憂愁はくる

老いたる者をして

東明《しののめ》の空ゆく風の如くはた小旗の如く涕かんとするに

兄弟《はらから》もはたまた友も父母《ちちはは》も忘我のうちにいまは涕きたき

ああ然《さ》なり別れの言葉　海の上《へ》の風にまじりて忘れ難かり

涕くことも忘れていたよ洵《まこと》まこと悲しき永久《とわ》の別れは

落陽はかなしかりけり年老いて去りゆく人の白き頭《こうべ》に

除夜の鐘

除夜の鐘くらい遠い空で鳴れ文也のために蕎麦盛ってやる

遠い暗い空で鳴るのは除夜の鐘　霧《けむ》った寺院の森よこころは

去年《こぞ》の夜は文也を抱いて除夜の音を寝息の如く聴いておりしよ

歳晩はうつ伏せておるガンバレと励まし呉れし人はなきゆえ

銀座浅草トンカツゲルベゾルテさえ父を偲ばや痛しこの胸

父よ、父よ凍てしみ空に汝《な》が撞ちし百と八つの音《ね》が流れゆく

鐘よ鳴れ　おれのこころの窮境を知らす術《すべ》などもはやなければ

*

中也死に京都寺町今出川　スペイン式の窓に風吹く

中也断唱　跋

七年の歳月を経て、いま鮮やかに想い浮かぶ光景がある。あの日も雨が降っていた。俄か造りのプレハブの書斎の屋根を激しく雨が叩いていた。愛鷹山は霧に覆われて見えず、北側の窓辺には紫陽花が雨に打たれていた。ほの暗い部屋の中、私は書きものに熱中していた。その頃、私は沼津郊外は愛鷹山麓のちいさな村に棲んでいたのだ。

その時私は、一作一作ノートを取りながら、中也詩の解明のごときことを試みていた。季刊雑誌「磁場」が、臨時増刊〈中原中也特集号〉を企画し、原稿の依頼を受けていたのである。その日は、ノートをとりだしてから何日目のことであったのだろうか、まったく予期せぬ事態にみまわれたのである。それは、プレハブの屋根を激しく叩く雨の音のせいではあるまい、またときおり顔を上げて眺める窓辺におもたく項垂れる紫陽花のはなのせいでもあるまい、突然、私の中で歌が騒ぎはじめたのである。やがて中也その人の詩が、一行の詩として直立しはじめたのである。

最初は、少年時より愛誦していた何行かのフレーズからの直接的発想。ついで中原中也というかなり厄介な、それでいて愛嬌のある男の生き様、これらをおのれに引きつけ撓めたり延ばしたり圧搾したりしているうちに、中也詩を否、中原中也その人を短歌に翻訳してみたいという、つよい衝動にかられ、そう悠長にノートなどとりながら読み進めてゆくことが出来なくなってきたのである。なにを見ても、なにを聞いても中也に直結していった。そんな昂奮は三日三晩におよび、ついには体中の節節は鈍い痛みを発し、ノートはみるみる歌で埋まっていったのだ。歌を作ることに、かくも長時間熱中したことは、あとにも先にもこの時が初めてであった。

中也論三十枚は、締切りをすぎても書けず、結局、ノートから――詩集『山羊の歌』が「春の日の夕暮」ではじまるように私も〈せめて馬嘶《いなな》いてくれ春の日の夕暮太郎のマントかなしも〉の一首以下四十七首を選び、これら歌の上に「中也断唱」というタイトルを冠し、わが中也論一巻としたのであった。これが以後六年間、発表回数九回に及ぶ「中也断唱」の端緒である。

渓流《たにがは》で冷やされたビールは、
青春のやうに悲しかつた。
峰を仰いで僕は、
泣き入るやうに飲んだ。

〈ビシヨビシヨに濡れて、とれさうになつてゐるレッテルも、／青春のやうに悲しかつた〉。未刊詩篇「渓流」の一節である。学生の頃、私はことあるごとにこれらの詩句を愛誦した。また「帰郷」の一節〈あゝ　おまへはなにをして来たのだと……／吹き来る風が私に云ふ〉や、「秋の一日」の一節〈今日の日の魂に合ふ／布切屑《きれくづ》をでも探して来よう〉などの詩片にどれだけたすけられてきたかしれない。同時に私は、朔太郎を読み静雄を誦した。彼らの詩との出会いは、そのまま〈歌〉なるものとの出会いにほかならなかった。彼らの歌は、傷つきやすい十代のこころを鼓吹しまた慰撫してもくれた。そしてまたこれは短歌を否定した彼らの意には反することではあろうが、私は私の短歌的抒情の源流を、伝統的短歌からではなしに、朔太郎や静雄、中也から汲みとってきたのだ。彼らの詩業のうちに私は、なぜにこの国の詩が五句三十一音に収斂されていったのか、彼らが否定したものは短歌のもつ秩序と拘束であり、短歌そのものではなかったのではないか、ということを見ていたのである。彼らの詩業のうちに私は、歌なるものの源泉としての短歌をみようとしていたのだ。

渓谷はかなしかりけりこれからを流れるようなひとりとなろう

第二歌集中のこの一首は、「渓流」への反歌である。十代のわが愛誦歌は、のちにこのように作用していったのである。〈さようなら秋の陽はまださようならみちこならずばパラソルはなし〉、第四歌集中にも「別離」（と「みちこ」）から発したこのような一首がある。「中也断唱」以前、すでに私は、このような試みをしていたのであった。であるから〈中也詩短歌翻訳の試み〉などと銘打ってきたこの歌集の試みも、私のうちにあっては、ごく自然な試みであったのかもしれない。

ところで、〈詩的履歴書〉によれば、中原中也は、大正四年、九歳の時、弟亜郎を想って初めて短歌を作ったという。以後十二歳で、「防長新聞」や「婦人画報」に短歌を投稿し、十六歳には友人達と歌集『末黒野』を出版し、「温泉集」なる短歌二十八首を発表し、十七歳、山口中学校を〈文学に耽りて落第〉するまでの多感な少年期を彼は、短歌と共にあった。〈ユラユラと曇れる空を指してゆく淡き煙よどこまでゆくか〉は、中也十四歳の作であり、〈紅くみゆるともしのつきて雪の降り静かに眠る冬の夕暮〉の一首は十五歳の作である。大岡昇平氏は〈初期短歌〉として一〇八首（角川版中也全集）をあげておられる。

ともかくも中也は、短歌から出発し、そして十数年の詩的来歴の間隙をぬうように、若き最晩年には、〈小田の水沈む夕陽にきららめくきららめきつゝ沈みゆくなり〉、〈沈みゆく夕陽いとしも海の果てかゞやきまさり沈みゆくかも〉、〈町々は夕陽を浴びて金の色きさらぎ二月冷たい金なり〉、このような作を日記にしたためている。もしも中原中也が、詩にゆかず短歌を書いていたら、彼は、どんな作品を残しただろうか。このような〈イフ〉も、中也その人の実人生とは別に私を創作にかりたてた要因の一つではある。

私の八番目の歌集にあたる本稿を私は、二部三章十八篇より構成した。すなわち「中也断唱 I」は十七歳の中也が前年京都で知り合った長谷川泰子とともに、飄然として上京、戸塚町源兵衛に下宿した大正十四年、序歌に続く〈ゆくのだよかなしい旅をするのだよ大正も末三月の事〉から、昭和十二年十月二十二日〈「在りし日の歌」はうたわず鎌倉の海棠、寺に啼く杜鵑《ほととぎす》〉すなわち、息をひきとるまでの三十歳の生涯を、歌ったものである。私はここで、〈口惜しき人〉と言わざるをえなかった男の無念を、中也その人になりきって歌ったつもりである。この間、立松和平の〈福島泰樹は三人称で詠まざるをえない場所までやってきた〉、〈私小説的な伝統の短歌から、ほとんど未踏の淵に立っている〉、〈中也の詩を借りて、視点の移動と拡大を徐じょにはかっていく〉、〈もし一人称からふっ切れた短歌が出現すればすごいぞと、しんから思うのだ〉という指摘は実に嬉しかった。

そして二部「中也断唱 II」は、さきほどの〈中也詩短歌翻訳の試み〉である。詩集『山羊の歌』、『在りし日の歌』の諸作品とともに、原題を使用させてもらった。「早稲田短歌」のずいぶんと後輩であり、若き女流のなかで私が最も期待する久光則子が夜を徹して構成してくれた。

さて、「磁場」（一九七六年九月発行）に「中也断唱」として初めて発表の機会を得てから、昨年「すばる」十月号で完結するまで六年。この間、私は、シンガー・ソング・ライター龍と組んで、コンサート活動を続けてきた。昨年、長谷川裕一のプロデュースによりライブレコード『曇天』をプレスした。「中也断唱」からは「曇天」と「妹」が収録されている。「別離」や「六月の雨」や「秋」等レパートリーは十曲を越えるにいたった。ライブ版『中也断唱』も来春にはと思っている。これには龍も私もいささかの自信をもってはいる。

諸井三郎作曲による「朝の歌」、「臨終」が日本青年館で歌われたのは中也二十一歳の昭和三年五月のことである。以来五十五年、中也の詩は、多くの人により作曲され、歌われ、朗読されてきた。しかし、どこまで中也詩の存在に迫まりえたかには疑義をもっている。最近では友川かずきもがんばってはいる。これにはこころから声援を送りたい。

書きたいことはまだあるが、小田さんが思潮社のデスクで待っておられる。終りに、本稿刊行を快く引き受けて下さった小田久郎社主に深甚の謝意を表したい。また「現代詩手帖」編集長の樋口良澄氏にも大変、お世話になった。ありがとう。装丁は、『夕暮』について今回も三嶋典東が才腕をふるってくれた。想えば氏との付き合いも、「中也断唱」を書き始めた年の春に刊行した『転調哀傷歌』以来であるから、七年になる。出来映えをたのしみにしている。

「中也断唱」発表の機会を作ってくれた当時「磁場」の編集長だった田村雅之氏にもお礼を言いたい。そして以後、私を励まし続けてきてくれた「すばる」編集長の水城さんに、最後に謝意を表したい。七〇年晩秋より七年間居住した愛鷹山麓の村から東京へ舞い戻って来たのは六年前の五月のことであったが、以後二年間も中断していた「中也断唱」を書けと言ってくれたのは、水城顕氏であった。「すばる」には三度、書く機会を与えてくれた。いずれも百首からの注文であった。この人の励ましなしには「中也断唱」は持続されることはなかったかもしれない。

そして晩秋、二年前の霜月三十日逝去したわが父上に、この無頼の一巻を捧げたい。その前日、品川の東京ホテルで私たちは祝杯のシャンペンを酌み交わした。父は、中也よりすこし年少の明治四十三年生まれであった。中原中也も生きていれば立派なお爺さんである。一九八三年の歳晩も真近だ。昨秋、私は初めて生家のある湯田を訪れ、お墓に『曇天』を供えてきた。


父よ、父よ凍てしみ空に汝《な》が撞ちし百と八つの音《ね》が流れゆく

一九八三年十一月

福島泰樹

続 中也断唱

続中也断唱　Ⅰ

坊や

さらさらさらと流れるやうに清水のやうに
寒い真夜中赤子《ぼーや》は泣くよ

ああ風がわが渺茫の悲しみを吹きゆけりぼうや大きなぼうや

真夜中の坊やよ　みずがさらさらと清水のようにまた流れゆく

空に雲雀が啼くわけはない真夜中の坊やよ父が傍に居るから

チゴイネルワイゼンを聴き眠りいるわが子よ明日は淋しからんに

俺の傍《かたえ》に眠っているになぜにまた夢にあらわれいでたる坊や

なぜに君ぼくを離れぬ真夜中の坊やよ夢の中にいてさえ

坊や坊や　やがて別れてゆくからに夢の中でも抱き締めてやる

われら三人《みたり》飛行機にのりぬ
例の廻旋する飛行機にのりぬ

いまわれら上野の山を飛び発たん告げんとすれば涙とび散る

その時よ、紺青の空！　さいわいは　われらは高く旋回しゆく

夕空は紺青にしてああわれら　われらが在りし日の歌なりき

不忍《しのばず》の池のおみずはまっ蒼でましろき雲を浮かべておった

象の前ぼくと坊やが佇めばかなしからずや小雨となりぬ

夏の夜の博覧会にゆきしまま時よとまりてあれよしばらく

寒い寒い雪の曠野の中でありました
静御前と金時は親子の仲でありました

雪吹雪《ふぶ》く曠野をさむくとぼとぼと静御前と金時がゆく

或るおぼろぬくい春の夜でありました
平の忠度《ただのり》は桜の木の下に駒をとめました

春の夜は省線電車のりついで平忠度会いにゆこうか

花や今宵のあるじならましああそして流す涙の滂沱たりしよ

風

ひねもす、空で鳴るのは、あれは電線です

さなりさなりさびしき風よ　ひゅうひゅうと螺旋階段状に吹きあれ

いとしい者の上に風が吹き
私の上にも風が吹いた

風が吹くいとけなきそのかんばせに瀑《しぶ》きているは涙にあらず

開け放たれた戸口から
悔恨は、風と一緒に容赦なく
吹込んでゐた。

放下《ほうげ》し続けてゆく精神のかなしけれ午后には霧となりて雪崩れる

あゝ　おまへはなにをして来たのだと……
吹き来る風が私に云ふ

その午后は捩《ねじ》れ苦しみおりたるが逆巻く風となりて別れぬ

一夜分の歴史

その夜は雨が、泣くやうに降つてゐました。

わが握る酒杯《グラス》くだけてとびちるを蕭条の雨　天よりくだる

鮮血はひとさしゆびをつたわって夜のとばりに糸引いていた

蕭々と降る雨あらば人生の　辛酸グラスに満ちてゆく雨

蕭々とおれの酒杯《グラス》に降る雨よさらば山茶花　滂沱の雨よ

人生に砕け飛び散りゆきしもの　グラスの底に滲む涙か

さようなら　扉《ドア》の外に降る雨はいつしかグラスに飛沫《しぶき》していた

畳の上に、灰は撒き散らされてあつたのです。
僕はその中に、蹲まつたり、坐つたり、寝ころんだりしてゐたのです。

昨夜から火鉢かかえて酒飲んで畳の海に灰ふらしおる

淋しさや火鉢ほじくりいたれども吸殻ひとつみあたらなくに

ああついに薬罐も投げた灰神楽かっぽれ踊っているはわたしよ

十年はつらく過ぎゆき一生を咲かすべき花　詩にてはあらぬ

咲かぬこと百も承知で撒く灰の畳の上に夕暮はくる

秋を告げる雨は、夜明け前に降り出して、
窓が白む頃、鶏の声はそのどしゃぶりの中に起ったのです。

警笛を鳴らしぶるぶる顫えおる暗き波間の船を想いき

煙突の白く傾くさま以外なにもみえねば火鉢を叩く

あまりにも涙はからく身はおもく難破寸前　脱走不能

きれぎれに聴こえるあれは霧笛なるか薬罐叩いている音でした

遠い海、霧笛を鳴らしているは誰　窓にやあおく月光の降る

純心な恋物語を読みながら、僕は自分に訊ねるのでした、
もしかばかりの愛を享けたら、自分も再び元気になるだろうか？

さなり女の純情ゆえに頁閉ず　飛び散る雨の夜半《よわ》とはなりぬ

愚かにて人の魂、純愛を船傾かせ読んでいるのだ

かばかりの女の愛を享けしゆえなどか切なく口噤みおる

かばかりの愛ゆえおれはもうもうの火の粉を散らし浪を蹴散らす

欺かれたこの口惜しみを糧として生きんとすれば滂沱の雨よ

それなのに、自分の心は、索然と最後の壁の無味を嘗め、
死なうかと考へてみることもなく、いやはやなんとも

あわれあわれあわれあわれ白雨はしんみりとトタンを洗いわたしを洗う

まっしろなシロップを嘗めストローの麦藁嚙んでいるのださむく

さなりさなりさなり最後の無味を嘗めストローぽいと捨てたけど駄目

いやはやなんともさもしいことで陰鬱なその日の壁を塗装しておる

飲んだくれ灰撒き散らかしふて寝するなんともせつなく更けてゆく夜

雨はそのおかみのうちの、箒のやうに、だらだらと降続きました。
雨はだらだらと、だらだらと、だらだらと降続きました。

秋告げるこの朝の雨　だらだらと降り続くこの身のふしあわせ
磨り減った箒のようにだらしなく跛ひきひき生きてゆくのか

雨よ降れ　人の目を避けすっぽりと傘にやつれた身を隠すため

傘さしておっちょこちょいと街の角　さながら秋の竹とんぼ

だらだらとだらだらと降る　軒に吊すゴムの合羽の黒い悲しみ

別離

さよなら、さよなら！
あなたはそんなにパラソルを振る

さようなら秋の陽はまださようならみちこならずばパラソルはなし

さようなら　風ふくのべのにしひがしされば冥利につきるこころを

さようなら命を賭してなにをしたついに愛さぬ山梔子の花

さようなら　おののきやまぬ夕暮をそうそうとして輓馬はゆけり

渓流

渓流《たにがは》で冷やされたビールは、
青春のやうに悲しかつた。

青春のようにかなしくすすり泣くビールがありぬ渓流《たにがわ》のなか

しくしくと泣きいるようにああ君は峰を仰いで喇叭していた

峰を仰いで僕は、
泣き入るやうに飲んだ。

喇叭飲みしつつ歩けばびしょびしょに濡れてワイシャツ滴《しずく》を散らす

さよならの行進曲を奏でんに喇叭しながら闊歩しておる

ビシヨビシヨに濡れて、とれさうになつてゐるレッテルも、
青春のやうに悲しかつた。

青春のその日ふたたびかえらぬがまた会おうそして涙ながそう

渓流のみずに忘れてきしビールいまごろたぶん商標《レッテル》も剝げ

湿つた苔も泡立つ水も、
日蔭も岩も悲しかつた。

なにもかも悲しかりけり苔も水も日蔭も岩もうつむく君も

渓流の水に冷やされことことながれにその身ゆだねているか

やがてみんなは飲む手をやめた。
ビールはまだ、渓流《たにがは》の中に冷やされてゐた。

渓流の水を透かして横たわる白き肌《はだえ》を忘れずいまも

続中也断唱 II

続中也断唱　壱

六月一日、渋谷ジァン・ジァン。友川かずきのコンサートにゲスト出演。久し振りに中原中也「桑名の駅」を聴く。

関西地方水害のためあわれあわれ桑名を通過したる汽罐車

ほろにがくあまくせつなくほのぼのと桑名の駅で買いし蛤

駅長がさげるランプのあかあかと旅の縁《よすが》といえど淋しき

本業に立ち返って存分に詩を書いてやる啼け杜鵑《ほととぎす》

十代で都会の闇を知悉したダダと出会ったかぜ吹くな風

風が裏葉を翻すほどのささいなることに怒りて傷つきしかも

いつもいつもいつもさみしく叱られて風吹く廊下につっ立っていた

さようなら桑名の駅よ月の浜辺で拾いし釦いかになるらん

最後に私たちは「坊や」を絶叫した。

ほのかにあおいひかりのなかで石積んで遊んでいるは文空童子

いなやいな、薄曇りする河原にて小さな石を積むはわたしよ

由来憂鬱な男となりてしくしくと巷に雨の降るごとく泣く

とっぷりと暮れゆくまでを電線はひねもす空で歌うたいけり

口論も酒盃も捨ててさらさらと　流れる水のように生きゆく

他界にも水は流れてありにけり　涙は涸れて銀の日暮か

牛は寝た鳥はまだかかあかあと病棟挽歌の唄うたいおる

大島行橘丸に乗りしまま帰らざれわが青春の歌

神経のこの衰弱はさびしさの涯なればはやいたしかたなし

屋根の上に蹲んでいれば月光が坊やよ父を慰撫してくれる

続　中也断唱　弐

中原中也が拳闘を観戦したのは、昭和二年十月二十二日。
「日比谷音楽堂で拳闘を見る。白っぽい冷たい、晴れた日」と記している。

軍艦エムデン荒くれ水兵屠《ほふ》りしはかのライオンと呼ばれし男

日比谷野外音楽堂に日は暮れて見よ！　精悍の不良少年

元フライ級王者斎藤清作（たこ八郎）は、私の絶叫コンサートのファンだった。たこさんが、最後に来てくれたのは、亡くなる少し前、新宿安田生命ホールで開催された「六月の雨」であった。

五月ゆく　黒き雨衣《カッパ》に纏い付くしぶきのごとく離れざりけり

酒瓶の花はしおれて切なくも畳の上に届くおかしき

だらりんと両手をさげてうなだれる敗者はつねに歯を漱ぐのみ

縄のれんかなしからずや人生に敗者復活戦などあらぬ

短歌絶叫コンサートの暗闇でまなこみひらきいたりし人よ

甜めて癒やすこころの傷か枡酒の塩　真四角のリング想いき

*

なぜか中也とたこ八郎が肩組んで百人町を闊歩しておる

小男が二人ならんで歩きおる黒いフェルトの山高帽子

指折ってたこと中也がたのしげにちゅうちゅうたことなに数えおる

ああ今日も負けて帰宅し叫《わめ》き散らす中也をたこが宥《なだ》めているよ

赤ん坊の中原中也とたこ八郎　泣き悲しみを撒き散らすのだ

赤ん坊の中原中也を八本の手が出て優しくあやしているよ

だぶだぶのズボンの裾を翻ししどろもどろの人生をゆく

「六月の雨」は、六〇年安保の死者たちを呼び醒ます。

みな貧しく一途に激しゆきしかな岸上大作　樺美智子よ

またひとしきり　午前の雨が
菖蒲のいろの　みどりいろ

レインコートを顔に被って死んでゆくズボンの裾の泥も拭わず

岸上大作二十一歳　痩せっぽちいつもさびしく俯いていた

眼《まなこ》うるめる　面長き女《ひと》
たちあらわれて　消えてゆく

「ゼミへゆく」と微笑み母に告げしまま六月十五日帰らず永久《とわ》に

手毬花あつまりぐさやみちこぐさ　あじさいさむく揺れいる午后を

たちあらはれて　消えゆけば
うれひに沈み　しとしとと

学生服の一隊過ぎてゆきしのちざんざ降る雨路上を叩く

きみゆきて二十五回目の六月が　あおいホースが地面を這えり

畠《はたけ》の上に　落ちてゐる
はてしもしれず　落ちてゐる

さびしくば群がりて咲く花となれそのあじさいの蒼白き顔

ああ若き死者たちの顔　微笑むな球形の花群れる夕暮

続中也断唱　参

故郷《ふるさと》は晴天にしてききききと淋しき鳥がさえずっていた

九月四日、沼津市民文化センター出演。この地で私は、「短歌絶叫コンサート」を開始している。

正装をしてあらわれし幾人《いくたり》の顔に向かって涙《なんだ》していた

泣くな心よ！　また十年の歳月がジェットのごとく過ぎゆきにけり

「中也断唱」を書き始めたのも愛鷹山麓の村柳沢だった。

歴史的現在などはさて措きてけだしことしの春の日暮は

ゆく春をひとり奏でんかなしもよ超絶技巧ならず風吹く

なんでもないなんでもないてば薬指あかい糸まく夕ぐれである

ベルレーヌ「叡智」よされどしかたなくこんがらがって生きてしもうた

踏みにじった人の心の数々よ集電装置《パンタグラフ》はあらぬか俺に

星はなく
空は暗い綿だつた。

空は暗い綿であるという極上の譬喩を湛えた黒い腸詰

そらが暗い綿であるならこのおれは軒先をゆく振り向かずゆく

空は暗い綿であるならおれもまた縛られてやるてるてる坊主

歳月や暗渠を揉まれながれゆく花を思いき真白き花を

その雪は、中世の、暗いお城の塀にも降り、
大高源吾の頃にも降つた……

昭和十一年二月市ケ谷中也宅　悠《とお》きラッパにともる窓の灯

粛々と進軍をする雪の夜の　坊やは寝たかとおき勝鬨

「あゝ　おまへはなにをして来たのだ」と問うなかれ詩を書くほどの悪事はなさず

振り向くな黒いマントよ　ああそして茫茫として煙る遮断機

十月三日、新宿安田生命ホール、中原中也没後五十周年記念短歌絶叫コンサートを開催。

あまりにも寂しき真昼　春は闌け煙草ふかしているは花子か

見送ってやるよガラスに顔寄せておまえが傘をさしてゆく朝

エプロンの真白き襞の奥にある沼を想いているのだ花子

とおざかりゆく憶い出よ　たおやかな白き女体のひとにてありき

大切に運んできたは哀愁の重みよ　やさしくわれは零れん

器の中の水が揺れないやうに、
器を持ち運ぶことは大切なのだ。
さうでさへあるならば
モーションは大きい程いい。

追憶はあじさいの海わたの雲　なみだ溢れて渚を濡らす

またなが目にはかの空の
いやはてまでもうつしゐて
泣びくるなみ、渚なみ、
いとすみやかにうつろひぬ。

続中也断唱　四

十月十一日、山口市民会館大ホール、中原中也没後五十年祭。大岡昇平氏の記念講演に引き続き、私の「中也絶叫コンサート」。この一年、この日に向かって一〇〇ステージのコンサートを重ねてきた。三六〇〇枚の耳たちが静粛する。

さなりさなりさなり寂しき日の暮を赤西牡蠣太が燈すカンテラ

広小路の通りを曲りゆきしかな霧もうもうの後姿や

名を呼べど振り向きもせずぬばたまの霧のマントを纏いてゆきし

父謙助危篤の報も泥酔の極みにあらば泣いて聴くのみ

烈風の夜汽車に乗りて帰郷せしはかの痩身の「氷島」の人

故郷の小川の淵にわれやわれや立ち尽くすかな骨透けるまで

ここまでは歩いてきたが遮断機の先にはゆけぬ　雨の銀幕

十月十二日朝、碑前祭で中也の詩「帰郷」を朗読、実弟拾郎氏のハーモニカ「朝の歌」に泣いてしまう。

中也実弟拾郎氏吹く「朝の歌」　ひかりの雨が降り初めしかも

大任を果たしてくれたミュージシャン達と、詩人の墓に詣でる。

吉敷の饅頭を喰い酒を飲み　中也の墓に歌うたいけり

ゲスト出演してくれた友川かずきと長門峡「洗心館」で酒を酌み交わす。長門峡は雨……

曼珠沙華に首なかりせば秋深き身に蕭々と降り注ぐ雨

とうとうと水は流れて長門峡　盧溝橋の灯やゆらめきやまず

永定河西岸を渡りゆきしかな　わが友さらば水や流れる

げにさばかりのことにてあるを滔々と水は流れて尽きることなし

昭和十二年十月二十二日わが夢も蘇州を渡りかえらず

十一月二十六日、立松和平とヘルシンキで一泊、
明日はブルガリア、中也を絶叫してくる。

今日も今日もひとりかも寝む北欧の霧　東欧の雨の日暮や

桜吹雪く校庭を駈けゆきしまま黒きマントに歳月やふる

六月二十九日、下関梅光女学院大学マッケンジーホール「鎮魂祭　中原中也」短歌絶叫コンサートに出演、一四〇〇の鳴りやまない拍手。

少女らの声は聴こえず縹渺の夢の葦原降りしきる雨

わが打ちし電報あわれあわれあわれ曠野をさむく郵便夫ゆく

自我つよく歌わんものを電線を吹く風あらばまた盃をあぐ

靴の跡、付きて破れし『山羊の歌』古きノートの叢《むら》より出ずる

帰路、友川かずきと炎天の湯田に、中也の生家を訪ねる。思郎夫人美枝子さんの涙の歓待を受ける。日記三冊の他、「別離」の原稿を見せて下さる。

生きていれば七十九歳好々爺みずなしかわの歌うたいけむ

故郷《ふるさと》の小川の淵に泣いている魂あらば慰めてやる

故郷の小川の上をひゅうひゅうと淋しき風となりて過ぎゆく
ひゅうひゅうと吹き抜けてゆくさみしさやわが胸倉を見よ、風の墓

中原中也が、詩友高森文夫の故郷を訪ねたのは、昭和十年七月十日。

宮崎県東臼杵郡東郷村山陰《やまけ》　文夫の故郷《ふるさと》である

三度までも高森文夫を訪いしは中也　眩しき新緑の頃

渓流にビール冷やせばレッテルの剝げて青春無聊の日々よ

未刊詩集に渦巻く若き「渓流」の尾鈴の山を滴りていよ

日夏耿之介黄眠詩塾の講筵に名を連ねしがとおき春雷

錬金叙情詩風は師より賜りし黒衣聖母の人ならなくに

立つてゐるのは、材木ですぢやろ、
野中の、野中の、製材所の脇。

追悼号に発表されし「材木」の　川のほとりに陽を浴びて立つ

黒いサージの御釜帽子の上にさえ陽は豪勢にしたたりやまぬ

「立つてゐるのは、材木ですじやろ」そしてまた中也と文夫の濃き影も立つ

日中《ひなか》、陽をうけ、ぬくもりますれば、
樹脂《やに》の匂ひも、致そといふもの。

今日とても陽に曝されて身を反らし立っているのは私の影よ

中原中也との同人雑誌「舩灯」の波間に揺れる燈となる

中原中也に「仔熊」と渾名されたるは昭和十二年盧溝橋前夜

処女詩集『浚渫船』に賞讃の花を吹雪かせ逝きし友達

紺の背広を着てしずしずと南国の町を歩めば小雨となりぬ

夭折やこの寂寥に耐えるため渡らん落陽すさまじき地へ

中也書簡六十通を筐底に満州映画協会に入《い》る

昭和十六年五月、高森文夫処女詩集『浚渫船』に第二回中原中也賞が与えられる。

北満虎林の部隊に入隊　ラーゲリの四年の日々は語るべくなく

高森文夫と酌みし美酒《うまざけ》陽の国の　無頼の笑みの愛しかれども

続中也断唱　七

二月二十七日、伊藤拾郎さんからの電話で、喜久子夫人の死を知る。急ぎ山口市吉敷へ。「星ノ冷タイ夜」

さはあれど淋しみながら暮れてやる真赤な夕陽となりてあかあか

煙突のむこう真っ赤な球体が沈みゆくまで吹きにし楽か

人生の豊饒なるを荷駄なるを積み込み夜の汽車となりゆく

老ハーモニカ奏者奏でよ蒼穹の　み空に消えてゆく虹のため

白髯《はくぜん》白鬚《はくしゅ》の拾郎さんと悲しみの酒盃を重ね、湯田の町へ。

咽喉ごしの快楽《けらく》のゆえにまたしても不覚をとって灯の闇に居る

三月十九日朝、拾郎さんが牛乳を飲んでいる夢をみた。
午後、中原美枝子さんからの電話で拾郎さんの死を知る。

周防灘過ぎてあわれや想いけり赤いベレーの似合いてありき

宇部は雨　肌寒ければ吹奏の啼かない鳥となりて候

老ハーモニカ奏者の夢に順いて歩み来たるを竹藪に風

弔辞を献ず。

なにゆえに逝きたるなるか君もまた時の呼吸に逆らいしゆえ

山間に昇るけむりのたちまちに空に吸われてゆきにし青く

木田良のホームにありて天を指す槇の木ふたたび会うことはなき

十七年間を共に歩んだステージの相棒の死に、俺は泣いていた。

超特急「のぞみ」の窓に映りたる大きく歪む帽子の男

よく見れば眼鏡をかけて悲しみの細き瞼に涙ためおる

六月二十五日、中原美枝子さんの訃報に接する。

みちこもう振り向かないでそしてぼく　むかしむかしの陽溜りをゆく

立札ほどの高さに立って眺めれば水はこの世のものならなくに

完本　中也断唱　跋

思い起こして「中也断唱」を書き始めた一九七六（昭和五十一）年は、忘れがたい年である。春から夏にかけて『転調哀傷歌』『風に献ず』と二冊の歌集を刊行し、キング・クリムゾンを聴きながら時代への悲痛な想いを歌ったりもした。シンガーソングライター龍と出会い、朗読を立ち上げたのも、「現代歌人文庫」（国文社）を発案、編纂を開始したのもこの年のことであった。

静岡県沼津市、愛鷹山麓の小村柳沢を後に、生まれ育った東京下谷の地へ、七年ぶりに舞い戻ったのは、翌一九七七年六月のことであった。龍と組んで短歌熱唱のステージ活動が始まった。中也の詩と私の短歌とが激しくスパークした。そんなある夜、新宿歌舞伎町のバー「アンダンテ」で、文藝誌「すばる」編集長の水城顕と邂逅した。氏の勧めで「中也断唱」を再開、「すばる」誌上に二百首余りが、三回にわたり掲載された。そして小田久郎氏により思潮社から歌集『中也断唱』が刊行されたのは、一九八三（昭和五十八）年十二月三十日のことであった。

＊

歌集は、評判を呼んだ。翌春一月だけでも、二十三日付「読売新聞」著者写真入り紹介。同日「朝日新聞」大岡昇平氏連載コラムに「中也断唱」。二十六日には「毎日新聞」にインタビュー「『中也断唱』を出版した福島泰樹氏に聞く」（聞き手酒井佐忠記者）。翌二十七日付「読売新聞」時評欄には、

「中也の七五調と、福島氏の口語的声調（ほんとうの東京弁⁉）との呼応」という菅谷規矩雄氏の忘れ難い一文。

歌集『中也断唱』は、発売一ヶ月で再版が決まった幸福な歌集であった。

三月十九日付「週刊読書人」は、三月二日、新宿歌舞伎町シアタービッグヒルで開催された出版記念会の様子を伝えている。「今度の仕事で塚本邦雄、岡井隆路線から新たな地平に出て行くのではないか……」。二百人を越す出席者の人いきれの中で、発起人代表の磯田光一氏の挨拶で会は始まった。さらに記事は、立松和平、秋山駿氏の挨拶、大岡昇平氏の「コレハ事件デス！」というメッセージ、塚本邦雄の祝電、唐十郎、佐佐木幸綱、冨士田元彦による鏡割等を賑々しく伝えている。この会に出席、励ましのエールを送ってくれた吉村昭、磯田光一、吉田凞生、窪田般彌、吉原幸子、後藤明生、上村一夫、水城顕（石和鷹）、そしてわが友西井一夫、バトルホーク風間、干刈あがた、小笠原賢二の各氏も、幽明境を異にされてしまった。この夜、宮内勝氏の発案で配られた「中也弁当」なる熨斗紙が懐かしくも悲しい。四月二日付「日本読書新聞」一面は、「非人称のエレジー」と題し、『中也断唱』を特集、磯田光一、鈴木貞美両氏の批評掲載。

＊

『続　中也断唱［坊や］』が、思潮社から刊行されたのは、中原中也没後五十年にあたる一九八六（昭和六十二）年十月。跋には「前歌集に色濃かった泰子への思慕は、本歌集では、文也への追慕の情となって歌われている」とある。装幀は、『転調哀傷歌』以後十三点を手がけてくれた三嶋典東。中也への出立は、この人の雨と風に寄せる精緻なデッサン、鮮烈なエロスの技法から開帆した。

そして迎えた山口市主催による「中原中也没後五十年祭」、山口市民会館大ホール。リハーサルで泣いたのは、この時が初めてであった。一八〇〇人のキャパシティーを誇るホールは満員。舞台の袖から大岡昇平氏の記念講演を拝聴。その姿は、疾風怒濤《シュトゥルム・ウント・ドラング》の青春を共にし、早世した詩人がいまや昭和を代表する大詩人に成長した、その五十年という歳月を嚙みしめているようであった。

「今日このあと福島泰樹さんの「中也絶唱」があります。中也の詩を短歌に分解して、バンドの伴奏で、力強く唱うのです。中原の魂の呻きと叫びを代唱しているように古い友人は感じます。あれを聞いていると、私のような散文的な人間には、あの叫びがなかった。彼の叫びを理解したけれど、自分で叫びたい気持がなかった。それでことがあると衝突になった、と思い当ります」。そして、歌集『中也断唱』をこのように論究してくれた。「中原の声を掘り下げて歌うだけではなく、中原の声に対して、ギリシャ劇のコロスのように、それに答えて、歌い替える、彼の存在の基本的に悲劇的な部分を拡大して示してくれるのは、古い友人としては感激です」。

歳月は、まことに残酷だ。昭和の終焉を数日後にひかえたクリスマスの日に、氏は七十九歳の生涯を閉じられ、アンコールの拍手で舞台に踊り出た私たちに、遺族を代表して花束を下さった思郎氏夫人中原美枝子氏も、末弟でハーモニカ奏者の伊藤拾郎氏も七年前の春から夏、相次いで逝去された。

没後五十五年の秋に東芝ＥＭＩから発売された『福島泰樹短歌絶叫　中原中也』で「朝の歌」を熱奏した拾郎氏はブックレットに一文を寄せてくれた。「詩の朗読がなぜにおもしろくないのか。第一、ピアニッシモがない、フォルテがない、クレッシェンドがない。自分がその詩を理解するためだけに読んでいる。そしてその声に、詩を表現する音声とビブラートがない。素朴な身振りさえもない（中略）やはりビブラートがあるということと、音声の中に、喜びの言葉を歌っても、何の言葉を歌っても、いつでも底に、生命の滅亡の哀愁が実はあるということです。／中也の詩も、詩はみんな叫びなんだと思います」。

詩と歌と、すべての表現の妙を言い得ていて切ない。とまれ以上が、『中也断唱』から『続 中也断唱［坊や］』刊行に至る経緯ではある。

＊

中原中也亡き後の戦後詩を、ジャーナリストに徹することにより、果敢にリードしてきた小田久郎氏より、はからずも『完本 中也断唱』の話を戴いたのは、一昨年、詩人没後七十年の秋であった。思い悩んだ末、『続 中也断唱［坊や］』を解体、新編『続 中也断唱』一巻を加え、総歌数五百十六首をもって完本といたします。衷心より御礼申し上げます。

装幀の間村俊一氏、編集部の藤井一乃氏、思潮社の皆様に感謝します。最初の一行を立ち上げてから三十三年、たくさんの人々に出会い、さよならをしてきました。中也詩のモチーフをなす懺悔と悔恨、さまざまの想いをこめて謝意を表します。有難うございました。

二〇〇九年十一月三十日

東京下谷無聊庵にて　福島泰樹

福島泰樹短歌作品目録

歌集

『バリケード・一九六六年二月』	一九六九年十月	新星書房
『エチカ・一九六九年以降』	一九七二年十月	構造社
『晩秋挽歌』	一九七四年十一月	茱萸叢書　草風社
『転調哀傷歌』	一九七六年四月	国文社
『風に献ず』	一九七六年七月	国文社
『退嬰的恋歌に寄せて』	一九七八年三月	沖積舎
『夕暮』	一九八一年九月	砂子屋書房
『中也断唱』	一九八三年十二月	思潮社
『望郷』	一九八四年六月	思潮社
『月光』	一九八四年十一月	雁書館
『妖精伝』	一九八六年七月	砂子屋書房
『続　中也断唱［坊や］』	一九八六年十月	思潮社
『柘榴盃の歌』	一九八八年十一月	思潮社
『蒼天　美空ひばり』	一九八九年十月	デンバー・プランニング
『無頼の墓』	一九八九年十一月	筑摩書房
『さらばわが友』	一九九〇年十二月	思潮社
『愛しき山河よ』	一九九四年三月	山と渓谷社
『黒時雨の歌』	一九九五年二月	洋々社

『賢治幻想』　一九九六年十一月　洋々社
『茫漠山日誌』　一九九九年六月　洋々社
『朔太郎、感傷』　二〇〇〇年六月　河出書房新社
『デカダン村山槐多』　二〇〇二年十一月　鳥影社
『月光忘語録』　二〇〇四年十二月　砂子屋書房
『青天』　二〇〇五年十一月　思潮社
『無聊庵日誌』　二〇〇八年十一月　角川書店

全歌集

『遥かなる朋へ』　一九七九年五月　沖積舎
『福島泰樹全歌集』　一九九九年六月　河出書房新社

選歌集

現代歌人文庫『福島泰樹歌集』　一九八〇年六月　国文社
現代歌人文庫『続 福島泰樹歌集』　二〇〇〇年十月　国文社

アンソロジー

『絶叫、福島泰樹總集篇』　一九九一年二月　阿部出版

完本 中也断唱

発行日 二〇一〇年二月二十日 著者 福島泰樹 発行者 小田久郎
発行所 株式会社思潮社 〒一六二―〇八四二 東京都新宿区市谷砂土原町三の十五
電話 〇三(三二六七)八一五三(営業)八一四一(編集)
印刷 創栄図書印刷株式会社 製本 誠製本株式会社